COLLECTION

DE

PETITS CLASSIQUES

FRANÇOIS.

IMPRIMERIE DE JULES DIDOT AÎNÉ,
IMPRIMEUR DU ROI,
Rue du Pont-de-Lodi, n° 6.

VOYAGE
DE CHAPELLE

ET DE

BACHAUMONT.

PARIS

N. DELANGLE, ÉDITEUR,

RUE DU BATTOIR, Nº XIX.

M. DCCC. XXV.

CETTE COLLECTION
EST IMPRIMÉE A 500 EXEMPLAIRES
AUX FRAIS
ET PAR LES SOINS
DE CHARLES NODIER ET N. DELANGLE
AVEC LES CARACTÈRES
DE
JULES DIDOT AINÉ

AVIS.

PLUSIEURS souscripteurs ont paru désirer que les exemplaires de notre *Collection* fussent numérotés. Cette formalité est en harmonie avec les intentions exprimées dans notre Prospectus. Nous nous empressons de réparer une omission involontaire.

Les changements qu'il faut faire sous presse, à chaque exemplaire, pouvant nuire à la régularité du tirage, nous ne numéroterons que ce volume pour toute la *Collection*, savoir :

Du n° 1 au n° 500 pour le papier extra-fin ;
Du n° 1 au n° 25 pour le papier de Hollande ;
Du n° 1 au n° 6 pour le papier de Chine.

Nous prenons ici l'engagement formel de remettre *gratis* CENT EXEMPLAIRES de la *Collection* complète à toute personne qui nous en rapporteroit *un seul*, soit sans numéro, soit avec un numéro plus élevé, soit enfin avec un numéro double.

CH. NODIER ET N. DELANGLE.

N° 3

de 5oo exemplaires sur ce papier.

A MADAME,

DUCHESSE DE BERRY.

MADAME,

Notre littérature possède quelques chefs-d'œuvre que l'art avoit oublié d'embellir.

Vous avez réparé cette longue injustice du temps en permettant qu'ils fussent publiés sous vos auspices.

Daignez agréer, Madame, le témoignage de notre reconnoissance et de nos profonds respects.

Vos très-soumis, très-dévoués,
et très-fidèles serviteurs,

CHARLES NODIER ET N. DELANGLE.

NOTICE.

RIEN ne met mieux à découvert les changements qui s'opèrent dans l'esprit des peuples, et le développement de nouveaux besoins moraux et littéraires dans les nouvelles générations, que l'impression que nous éprouvons aujourd'hui à la lecture du charmant *Voyage de Chapelle et de Bachaumont*. Nous concevons à peine que deux hommes d'une organisation parfaite, d'une éducation très-cultivée, et qui, s'il faut en juger par leurs passions, ne manquoient ni de sensibilité ni d'enthousiasme, courent jusqu'aux limites de la France sur le

plus grand rayon de Paris, sans y remarquer autre chose que les perdreaux
de Jonzac et les ortolans de Foutrailles.
S'ils s'arrétent à Montpellier, dans la
ville du savoir, et sous le ciel le plus
doux de l'Europe, c'est pour flétrir
d'une affreuse calomnie la réputation
d'un poëte aventurier, plus digne de
pitié que de haine. S'ils gravissent cette
montagne austère de Notre-Dame de
la Garde, dont le point de vue em-
brasse la vieille ville des Phocéens,
avec ses mille bastides, une mer immense, et des îles pittoresques, c'est
pour attacher une épigramme aux portes de la forteresse *in partibus* du ma-
tamore Scudéry. Cette manière de voir
les choses n'est pas celle de notre temps,
qui ne vaut peut-être pas mieux. Il s'est
mêlé quelque chose de grave et de re-

ligieux dans le jugement que nous por-
tons des objets plus ou moins sérieux
de nos recherches et même de nos dis-
tractions. Ce genre de voyage qu'on
appelle *sentimental*, et dont je suis loin
d'approuver l'*afféterie* niaise, laisse
toutefois quelque souvenir dans le
cœur. Celui de CHAPELLE et BACHAU-
MONT ne laisse à la mémoire qu'un petit nombre de mots fins et un madri-
gal délicieux; mais l'esprit françois y
brille tout entier; il n'a rien produit
de plus facile, de plus gracieux, de
plus délicat. Le suffrage de deux siè-
cles l'a consacré, et ce badinage est un
monument.

Le *Voyage de Chapelle et de Bachaumont* n'avoit pas été écrit pour devenir
un livre. Aussi son exiguité l'a classé
parmi ces pièces qu'il faut chercher

dans des recueils, et qui n'ont presque
jamais obtenu l'honneur d'une publication spéciale. Il nous auroit été facile de suivre l'exemple des éditeurs
qui nous ont précédés, et de renforcer
le léger volume que nous offrons aux
bibliophiles de quelques improvisa-
tions qu'a laissé échapper la veine paresseuse de CHAPELLE à Bàville ou
chez Crénet. De ce nombre sont ces
tristes épîtres au duc de Nevers, où,
suivant l'usage du temps, il a épuisé
sans goût, et, si on osoit le dire, sans
esprit, ces rimes en *ine* et en *if*, qui
n'ont pas même le mérite de la difficulté, car il n'y a point de difficulté
quand on a le privilége de faire des
mots. Que dirons-nous de la plupart
des pièces que Saint-Marc est parvenu
à y joindre, sinon que le talent de

CHAPELLE l'a trahi, toutes les fois qu'il a oublié l'heureux instinct qui lui avoit inspiré ces vers :

> Tout bon fainéant du Marais
> Fait des vers qui ne coûtent guère :
> Pour moi, c'est ainsi que j'en fais;
> Et si je les voulois mieux faire,
> Je les ferois bien plus mauvais [1].

[1] Saint-Marc ajoute dans son édition ces deux vers que la tradition n'a pas conservés, et dont la terminaison masculine décèle ou une supposition malhabile, ou, ce qui est mille fois plus probable, une improvisation étourdie :

> Mais pour notre ami Despréaux,
> Il en compose de plus beaux.

Le même éditeur a trouvé dans une édition de Despréaux une parodie assez grossière de l'innocent impromptu de CHAPELLE :

> Tout bon ivrogne du Marais
> Fait des vers que l'on ne lit guère;
> Il les croit pourtant fort bien faits;

Il étoit animé par cette muse heu-
reuse quand il disoit à son ami Boileau :

Qu'avecque plaisir du haut style
Je te vois descendre au quatrain!
Bon Dieu! que j'épargnai de bile
Et d'injures au genre humain,
Quand, renversant ta cruche à l'huile,
Je te mis le verre à la main!

Voici un rondeau plus célèbre en-

Et, quand il cherche à les mieux faire,
Il les fait encor plus mauvais.

Cette polémique en *versiculets* est certainement
d'un ton détestable, mais elle suggère à Saint-
Marc une observation piquante. Il croit que ce
qui a irrité Boileau dans l'impromptu de CHA-
PELLE, c'est l'opposition du mot *faire* et de ses
dérivés, quatre fois répété en quatre vers, avec le
mot *composer* qui se rapporte à Boileau, et qui
marque toute la distance du travail à l'invention.
Cela est un peu fin, surtout pour CHAPELLE qui
plaisantoit durement.

core que ces jolies boutades de la plus
spirituelle gaieté; et on ne nous par-
donneroit pas de l'oublier, quoiqu'un
philologue maladroit l'ait disputé à
CHAPELLE, sur la foi de je ne sais quel
imprimeur de Hollande; CHAPELLE
n'y est pas méconnoissable, et on pouvoit se passer, pour le nommer, de
l'autorité de La Monnoye :

A la fontaine où l'on puise cette eau
Qui fait rimer et Racine et Boileau,
Je ne bois point ou bien je ne bois guère.
Dans un besoin, si j'en avois affaire,
J'en boirois moins que ne fait un moineau.
Je tirerai pourtant de mon cerveau
Plus aisément, s'il le faut, un rondeau
Que je n'avale un plein verre d'eau claire
      A la fontaine.

De ces rondeaux un livre tout nouveau
A bien des gens n'a pas eu l'heur de plaire :

Mais, quant à moi, j'en trouve tout fort beau,
Papier, dorure, images, caractère,
Hormis les vers, qu'il falloit laisser faire,
A La Fontaine.

Ce dernier sixain est d'une finesse exquise, qui l'a rendu presque proverbial. On nous pardonnera de n'avoir pas accordé la même importance aux moindres vers de CHAPELLE, dont nous n'aimons à conserver que ce qui peut justifier sa réputation passée aux yeux d'un avenir plus difficile. Nous nous conformons cependant à la plus grande partie des éditions du dix-huitième siècle en plaçant après le *Voyage* la *description de Saint-Lazare*, qui s'y trouve ordinairement réunie, et qui, malgré les incorrections et les *hiatus* dont elle est semée, ne manque pas de grâce et de poésie.

On a écrit partout que CLAUDE-
EMMANUEL LUILLIER étoit fils naturel
de FRANÇOIS LUILLIER et de MARIE
CHANUT, et qu'il naquit en 1626 au
village de *La Chapelle* entre Paris et
Saint-Denis. Il mourut à Paris en 1686,
au mois de septembre. Le nom de CHA-
PELLE ou LA CHAPELLE lui resta, et il
s'en est si peu soucié de son vivant,
qu'on ne sait pas quel est celui qu'il a
préféré. La postérité l'appellera CHA-
PELLE; et il ne pensoit pas à la postérité l'homme qui écrivoit ces vers assez
médiocres, mais très-caractéristiques :

Je sens dans mon cœur s'introduire
Cet honnête et sage désir
Pour la campagne et son loisir.
Dieu veuille encor qu'il me retire
Des lieux où je verrois moisir
Le peu d'esprit qu'on a cru luire

b.

 XX

Dans quelques brouillons, qu'à vrai dire
Personne ne m'a vu choisir
Ni pour réciter ni pour lire,
Et que le vin et le plaisir
M'ont à peine permis d'écrire.

Ce qu'il y a de plus remarquable dans la renommée de CHAPELLE, homme de mauvaise compagnie s'il en fut jamais, c'est qu'elle nous est parvenue comme une tradition de la meilleure compagnie de l'époque, soit que les mœurs fussent alors plus libérales, soit que le talent eût alors plus de priviléges. Il étoit l'ami du comte du Lude, du marquis de Jonsac, du duc de Saint-Aignan, du duc de Nevers, du duc de Vendôme, de la duchesse de Bouillon. Il eut une gloire plus réelle, celle d'être le maître de Chaulieu, qui lui doit son abandon,

sa philosophie épicurienne, ses libertés
de style, la licence de ses pensées et de
ses vers, et qui l'avoue avec grâce dans
ce passage, où il faut plus s'attacher au
sens qu'à la rime, et au sentiment
qu'à l'expression :

Là, dans l'instant fatal que le sort m'aura mis,
J'espère retrouver mes illustres amis :
LA FARE avec OVIDE, et CATULLE et LESBIE,
Voulant plaire à CORINNE ou caresser JULIE;
CHAPELLE au milieu d'eux, ce maître qui m'apprit
Au son harmonieux des rimes redoublées
L'art d'enchanter l'oreille et d'amuser l'esprit
Par la diversité de cent nobles idées [1].

Ces vers classiques ne sont pas tres-
bons, mais Chaulieu est souvent re-
venu sur la même pensée, et il faut
lui tenir compte au moins d'une re-

[1] Épître au chevalier de Bouillon.

connoissance fort rare en littérature.
Il a dit ailleurs :

CHAPELLE, par hasard rencontré dans Anet,
    S'en vint infecter ma jeunesse
De ce poison fatal qui coule du Permesse
    Et cache le mal qu'il nous fait
En plongeant l'amour-propre en une douce ivresse.
Cet esprit délicat, comme moi libertin,
    Entre le tabac et le vin,
    M'apprit, sans rabot et sans lime,
    L'art d'attraper facilement,
    Sans être esclave de la rime,
    Ce tour aisé, cet enjouement
    Qui peut seul faire le sublime [1].

Mais son admiration pour CHAPELLE
ne lui a rien suggéré d'aussi ingénieux
que cette jolie épigramme sur l'homo-
nymie de son ami et d'un écrivain de

---

[1] Épitre au marquis de La Fare.

la même époque, avec lequel on l'avoit
confondu :

> Lecteur, sans vouloir t'expliquer
> Sur cette édition nouvelle
> Ce qui pourroit t'alambiquer
> Entre CHAPELLE et LA CHAPELLE,
> Lis leurs vers, et dans le moment
> Tu verras que celui qui, si maussadement,
> Fit parler Catulle et Lesbie
> N'est point cet aimable génie
> Qui fit ce Voyage charmant,
> Mais quelqu'un de l'Académie.

La Chapelle étoit cependant un écrivain fort élégant, qui ne mérite pas
l'oubli où il est tombé; mais Chaulieu
avoit été repoussé par l'Académie, et
le dépit inspire des vers comme l'indi-
gnation. Ceux-ci sont excellents.

Voltaire, brillant héritier de cette
école du Marais que ses poésies fugi-

tives, à jamais inimitables, ont fait oublier, a consacré les noms de CHA-PELLE et de BACHAUMONT dans une des éclatantes bluettes qui préludoient de loin à son immense gloire. Il parle dans le *Temple du Goût* de notre CHA-PELLE et de cet autre esprit aimable

> Dont il se servit pour second
> Dans le récit de ce Voyage,
> Qui du plus charmant badinage
> Est la plus charmante leçon.

C'est par lui et sur la foi d'une tra-dition qu'il ne nous a pas révélée que nous reconnoissons BACHAUMONT[1] pour

---

[1] FRANÇOIS LE COIGNEUX, seigneur de BACHAU-MONT, né en 1624 et mort en 1702. Il n'est connu que par le *Voyage*, et une ridicule querelle litté-raire avec Ménage, qui aima mieux avoir affaire à lui qu'à CHAPELLE, et qui avoit ses raisons. BACHAUMONT ne répondit pas.

l'auteur de ces vers plus gracieux que
tendres, qui rappellent Tibulle et qui
ont inspiré Parny :

> Sous ce berceau qu'amour exprès, etc.

Je ne sais où Voltaire a puisé ce ren-
seignement; mais, jaloux de toutes
les gloires sur lesquelles il avoit des
droits, il cherchoit à les éparpiller pour
les perdre. Bien supérieur à Chaulieu,
bien supérieur à CHAPELLE dans leur
genre même, il avoit peur de tout le
monde, et il se trouve heureux de faire
rejaillir sur un nom qu'on cite à peine
la plus grande partie de la gloire qui
entoure un nom consacré. On oseroit
lui opposer CHAPELLE dans la poésie
fugitive, et il le dépossède pour BA-
CHAUMONT, dont les travaux sans célébrité ne vivront dans l'avenir qu'à la

faveur d'une célébrité auxiliaire. Les pièces de BACHAUMONT que Saint-Marc a recueillies ne justifient guère l'hypothèse de Voltaire. A part un triolet polisson qui ne seroit pas désavoué par Marigny, elles méritent tout au plus une place dans le recueil de Loret.

La vie d'un homme aussi insouciant que CHAPELLE ne pouvoit pas être fort riche en événements. Tout le monde connoît l'histoire du souper d'Auteuil, si souvent répétée, et qui a fourni à nos auteurs dramatiques de petites compositions pleines d'esprit. On ne sauroit mauvais gré peut-être de ne pas emprunter à Saint-Marc quelques anecdotes du même genre qu'il raconte avec trop de sel et d'agrément pour qu'il soit permis de le citer autrement qu'en le copiant.

« Naturellement gai, dit-il, CHAPELLE
« ne se livroit guère au sérieux qu'il ne
« fût ivre. Dans un souper qu'il fit tête
« à tête avec un maréchal de France,
« le vin leur rappela par degrés diver-
« ses idées philosophiques et morales,
« et réveilla chez eux des sentiments de
« christianisme. Ils réfléchirent pro-
« fondément sur les malheurs attachés
« à la condition humaine et sur l'in-
« certitude des suites de cette vie.

« Ils convinrent que rien n'est plus
« dangereux que de vivre sans religion;
« mais ils trouvèrent comme impossi-
« ble de vivre pendant un grand nom-
« bre d'années dans le monde en bon
« chrétien. Ils finirent par envier le
« bonheur des martyrs. Quelques mo-
« ments de souffrance leur ont valu le
« ciel. *Eh bien!* dit CHAPELLE, *allons*

« en Turquie prêcher la foi. Nous serons
« conduits devant un bacha; je lui ré-
« pondrai comme il convient; vous ré-
« pondrez comme moi, monsieur le ma-
« réchal; on m'empalera; vous serez
« empalé : nous voilà saints. — Com-
« ment! s'écrie le maréchal en colère,
« est-ce à vous, petit compagnon, à me
« donner l'exemple? C'est moi qui par-
« lerai le premier au bacha, qui serai
« martyrisé le premier, moi, maréchal
« de France, et duc et pair. — Quand
« il s'agit de la foi, réplique CHAPELLE
« en bégayant, je me moque du maré-
« chal de France et du duc et pair. Le
« maréchal lui jette son assiette à la
« tête. CHAPELLE se jette sur le maré-
« chal; ils renversent table, buffets,
« siéges; on accourt au bruit, ils expo-
« sent leur différend; et ce ne fut pas

« sans étouffer des ris que le respect
« empêchoit d'éclater qu'on vint à bout
« de les résoudre à s'aller coucher.

« Le vin n'avoit pas toujours inspiré
« à CHAPELLE un aussi grand mépris
« de la mort. Long-temps avant le sou-
« per d'Auteuil, il assistoit à l'hôtel de
« Bourgogne à la représentation d'une
« pièce dans laquelle il se faisoit un
« combat sur la scène. Jusqu'à ce mo-
« ment les vapeurs de la digestion du
« dîner n'avoient pas permis qu'il fût
« fort attentif à la pièce. Le cliquetis et
« l'éclat des épées le tira de son assou-
« pissement, la frayeur le saisit, il sor-
« tit précipitamment, et s'enfonça dans
« le cabaret voisin, d'où l'on ne put le
« tirer qu'après qu'il eut, dit celui qui
« raconte cette aventure, épuisé le ton-
« neau que l'on avoit mis en perce pour

« le faire revenir de sa défaillance[1].

« A peu près dans le même temps, il
« sortoit seul et fort tard d'un cabaret
« dans lequel il avoit passé plusieurs
« heures au coin de la rue Tirechape.
« Il rencontre un homme qui portoit
« sous son manteau quelque chose que
« la peur lui représenta comme pro-
« pre à l'assommer. Aussitôt il lui jette
« sa casaque à la tête, et d'une vitesse
« extrême il enfile les piliers des Halles.
« L'homme, avec non moins de légè-
« reté, court après, lui crie, pour le
« rassurer, que ce qu'il porte est une
« guitare, et le prie de s'arrêter pour
« reprendre sa casaque. CHAPELLE n'en
« court qu'un peu plus vite.

---

[1] Il faut rendre à chacun ce qui lui appartient.
Cette hyperbole burlesque est de d'Assouci.

« Voici l'exemple d'une tendresse de
« cœur assez singulière. CHAPELLE étoit
« véritablement ami d'une mademoi-
« selle Chouars, fille de condition,
« ayant de l'esprit et des connoissan-
« ces. Comme on servoit à sa table de
« très-bon vin, il alloit de temps en
« temps souper tête à tête avec elle, et
« son cœur s'attendrissoit à proportion
« de l'excellence du vin. Il lui propo-
« soit quelquefois très-sérieusement de
« l'épouser. Elle, qui le connoissoit,
« écartoit en riant cette idée, trop con-
« tente d'avoir en lui la ressource d'un
« ami dont l'esprit lui faisoit passer
« quelques moments de la manière la
« plus agréable. Une fois qu'ils avoient
« tenu table assez long-temps, la femme
« de chambre survint, et fut bien éton-
« née de voir sa maîtresse en pleurs,

« et CHAPELLE accablé de tristesse. A
« ses questions sur la cause de ce qu'elle
« voyoit, CHAPELLE répondit en sou-
« pirant qu'ils pleuroient la mort du
« poëte Pindare, malheureuse victime
« de l'ignorance des médecins, qui l'a-
« voient tué par des remèdes contraires
« à sa maladie. Là-dessus, ample éloge
« du poëte, détails immenses de ses
« belles qualités et de ses talents poé-
« tiques, sans oublier la vigueur de
« son tempérament que les remèdes
« avoient détruit. La bonne femme de
« chambre, pénétrée jusqu'au fond du
« cœur, joignit ses pleurs à ceux de sa
« maîtresse, et tous trois continuèrent
« à regretter, avec larmes et sanglots,
« qu'un si grand homme eût péri si
« malheureusement. »

Saint-Marc, qui contoit si bien, est

aussi un excellent philologue. C'est à lui que nous devons les meilleurs renseignements qui nous soient parvenus sur l'époque précise du *Voyage de Chapelle* aux eaux d'Encausse. La mort du baron de Blot, et le voyage de d'Assouci dans le midi de la France, qui correspondent si exactement avec cet événement littéraire, sont les autorités de ce savant éditeur qui fixe le *Voyage de Chapelle* à l'année 1656. L'art de vérifier les dates a si peu de chose à faire dans cette question, qu'on ne pourroit la développer sans abuser de la patience du lecteur.

La plus ancienne édition du *Voyage,* qui ait été connue par Saint-Marc, est celle qui se trouve dans le *Recueil de pièces nouvelles et galantes, Cologne, Pierre Marteau,* 1667, 2 vol. in-12. Il

e

n'a pas su que cette charmante édition
avoit été précédée d'une édition de la
première partie imprimée en 1663, et
où le *Voyage* est compris. Toutes les
deux sont elzéviriennes, et toutes les
deux sont rares, mais la première beaucoup plus que la seconde, qui est d'ailleurs plus riche en pièces singulières
et inédites. Il paroît toutefois que le
Voyage avoit été imprimé précédem-
ment, c'est-à-dire au plus tard en 1663,
et il est probable que cette première
publication avoit eu lieu à Paris.
Quant à cette édition originale, on
peut la compter au nombre des petits
livres les plus difficiles à trouver, car
je ne la vois indiquée dans aucun ca-
talogue.

Je citerai aussi comme une édition
fort rare, celle d'*Utrecht*, *Antoine*

Schouter, 1699, petit in-12, dans un autre *Recueil de quelques pièces nouvelles et galantes, tant en prose qu'en vers*, qui est remarquable par l'excellent choix des morceaux et par une fort jolie exécution. Je le crois sorti d'une de ces imprimeries privées qui commençoient à se multiplier dès-lors, et qui sont devenues assez nombreuses dans le courant du dix-huitième siècle.

Il seroit injuste d'omettre parmi les bonnes éditions du *Voyage de Chapelle* celle que publia La Monnoye dans son *Recueil de pièces choisies, tant en prose qu'en vers*, *La Haye*, 1714, 2 vol. in-8°. L'esprit de critique et l'exactitude de cet excellent éditeur sont assez connus pour justifier Saint-Marc de s'être ponctuellement conformé à son texte. Il regrette cependant de ne pas

avoir connu la petite édition de 1732,
qui offre beaucoup de variantes à la
vérité un peu dénuées d'autorité. Je ne
sais comment elle a pu lui échapper,
car elle se rencontre aussi fréquem-
ment qu'aucune des autres.

C'est en 1755 que parut chez *Quil-
lau*, sous le titre de *La Haye*, la petite
édition de Saint-Marc, si souvent citée
dans cette Notice. Quoiqu'il y ait pro-
cédé avec l'abondance un peu indigeste
qui caractérise tous ses travaux littéraires, et particulièrement son *Boileau*
de 1747; quoique beaucoup des pièces
qu'il a jugé à propos d'y jeter sans
ordre et sans mesure soient extrême-
ment apocryphes; quoique son exécution n'ait d'ailleurs rien de remarquable, elle est la seule des éditions du
dix-huitième siècle qui puisse tenir une

place dans la bibliothèque des ama-
teurs. Encore faut-il supposer qu'elle
est tirée en grand papier, et les exemplaires de cette espèce ne paroissent
presque jamais dans les ventes. Je n'en
ai vu que trois en ma vie.

Dans l'impossibilité de consulter l'é-
dition originale du *Voyage de Chapelle
et de Bachaumont*, qui toutefois n'a
probablement pas été revue elle-même
par les auteurs, nous avons suivi les
diverses leçons qui se sont offertes à
nous avec autant de soin et de dis-
cernement qu'il nous est possible
d'en mettre dans ce travail. Si notre
édition n'est pas parfaite, nous sommes sûrs du moins d'y avoir remédié
à un grand nombre d'imperfections,
et de n'y laisser de taches que celles
qu'y a laissées peut-être la paresseuse

insouciance de deux épicuriens plus occupés de leurs plaisirs que de leur gloire. Nous ne dissimulerons pas que certaines de ces libertés, auxquelles la critique ne veut pas faire grâce, nous semblent pleines d'agrément dans un ouvrage où l'on est accoutumé à ne chercher que la facilité et le naturel. Le dieu du goût a certainement le droit de dire à CHAPELLE :

> Réglez mieux votre passion
> Pour ces syllabes enfilées
> Qui, chez Richelet étalées
> Quelquefois sans invention,
> Disent avec profusion
> Des riens en rimes redoublées.

Mais une partie du talent de CHA-PELLE est dans cette profusion de rimes *qui ne coûtent guère*. Quand vous cueil-lez un joli fruit parvenu à sa juste ma-

turité, vous vous gardez bien de lui
enlever cette poussière légère qui blan-
chit sa robe de pourpre. Vous le ren-
driez cependant plus brillant et plus
poli, mais il auroit perdu sa fleur.

CH. NODIER.

VOYAGE
DE CHAPELLE
ET
BACHAUMONT.

C'est en vers que je vous écris,
Messieurs les deux frères nourris
Aussi bien que gens de la ville;
Aussi voit-on plus de perdrix
En dix jours chez vous qu'en dix mille
Chez les plus friands de Paris.
Vous vous attendez à l'histoire
De ce qui nous est arrivé
Depuis que, par le long pavé

 11

Qui conduit aux rives de Loire,
Nous partîmes pour aller boire
Les eaux dont je me suis trouvé
Assez mal, pour vous faire croire
Que les destins ont réservé
Ma guérison et cette gloire
Au remède tant éprouvé,
Et par qui, de fraîche mémoire,
Un de nos amis s'est sauvé
Du bâton à pomme d'ivoire.

Vous ne serez pas frustrés de votre at-
tente, et vous aurez, je vous assure, une
assez bonne relation de nos aventures;
car M. de Bachaumont, qui m'a surpris
comme j'en commençois une mauvaise,
a voulu que nous la fissions ensemble; et
j'espère qu'avec l'aide d'un si bon second,
elle sera digne de vous être envoyée.

CHAPELLE.

Contre le serment solennel que nous
avions fait M. Chapelle et moi d'être si

fort unis dans le voyage, que toutes choses seroient en commun, il n'a pas laissé,
par une distinction philosophique, de
prétendre en pouvoir séparer ses pensées;
et, croyant y gagner, il s'étoit caché de
moi pour vous écrire. Je l'ai surpris sur
le fait, et n'ai pu souffrir qu'il eût seul
cet avantage; ses vers m'ont paru d'une
manière si aisée, que m'étant imaginé
qu'il étoit bien facile d'en faire de même.

> Quoique malade et paresseux,
> Je n'ai pu m'empêcher de mettre
> Quelques-uns des miens avec eux :
> Ainsi le reste de la lettre
> Sera l'ouvrage de tous deux.

Bien que nous ne soyons pas tout-à-fait
assurés de quelle façon vous avez traité
notre absence, et si vous méritez le soin
que nous prenons de vous rendre ainsi
compte de nos actions, nous ne laissons

pas néanmoins de vous envoyer le récit de
tout ce qui s'est passé dans notre voyage
si particulier, que vous en serez assurément satisfaits. Nous ne vous ferons point
souvenir de notre sortie de Paris, car vous
en fûtes témoins, et peut-être même que
vous trouvâtes étrange de ne voir sur nos
visages que des marques d'un médiocre
chagrin. Il est vrai que nous reçûmes vos
embrassements avec assez de fermeté, et
nous parûmes sans doute bien philo-
sophes

> Dans les assauts et les alarmes
> Que donnent les derniers adieux :
> Mais il fallut rendre les armes
> En quittant tout de bon ces lieux,
> Qui pour nous avoient tant de charmes ;
> Et ce fut lors que de nos yeux
> Vous eussiez vu couler des larmes.

Deux petits cerveaux desséchés n'en

peuvent pas fournir une grande abondance : aussi furent-elles en peu de temps
essuyées, et nous vîmes le Bourg-la-Reine
d'un œil sec. Ce fut en ce lieu que nos
pleurs cessèrent et que notre appétit s'ai-
guisa. Mais l'air de la campagne l'avoit
rendu si grand dès sa naissance, qu'il
devint tout-à-fait pressant vers Antoni,
et presque insupportable à Longjumeau.
Il nous fut impossible de passer outre
sans l'apaiser auprès d'une fontaine, dont
l'eau paroissoit la plus claire et la plus
vive du monde.

> Là, deux perdrix furent tirées
> D'entre les deux croûtes dorées
> D'un bon pain rôti, dont le creux
> Les avoit jusque-là serrées ;
> Et d'un appétit vigoureux
> Toutes deux furent dévorées,
> Et nous firent mal à tous deux.

Vous ne croirez pas aisément que des

estomacs aussi bons que les nôtres aient
eu de la peine à digérer deux perdrix froi-
des : voilà pourtant, en vérité, la chose
comme elle est. Nous en fûmes toujours
incommodés jusques à Saint-Euverte, où
nous couchâmes deux jours après notre
départ, sans qu'il arrivât rien qui mérite
de vous être mandé. Vous savez le long
séjour que nous y fîmes, et vous savez
encore que M. Boyer, dont tous les jours
nous espérions l'arrivée, en fut la cause.
Des gens qu'on oblige d'attendre, et qu'on
tient si long-temps en incertitude, ont apparemment de méchantes heures; mais
nous trouvâmes moyen d'en avoir de bonnes dans la conversation de M. l'évêque
d'Orléans, que nous avions l'honneur de
voir assez souvent, et dont l'entretien est
tout-à-fait agréable. Ceux qui le connois-
sent vous auront pu dire que c'est un des
plus honnêtes hommes de France; et vous

en serez entièrement persuadés quand
nous vous apprendrons qu'il a

> L'esprit et l'âme d'un Delbène,
> C'est-à-dire avec la bonté,
> La douceur, et l'honnêteté
> D'une vertu mâle et romaine
> Qu'on respecte en l'antiquité.

Nos soirées se passoient le plus souvent
sur les bords de la Loire; et quelquefois
nos après-dînées, quand la chaleur étoit
plus grande, dans les routes de la forêt
qui s'étend du côté de Paris. Un jour pendant la canicule, à l'heure que le chaud
est le plus insupportable, nous fûmes bien
surpris d'y voir arriver une manière de
courrier assez extraordinaire,

> Qui sur une mazette outrée,
> Bronchant à tout moment, trottoit:
> D'ours sa casaque étoit fourrée
> Comme le bonnet qu'il portoit;

VIII

Et le cavalier rare étoit
Tout couvert de toile cirée,
Qui, fondant partout, dégouttoit.
Ainsi l'on peint dans des tableaux
Un Icare tombant des nues,
Où l'on voit dans l'air épandues
Ses ailes de cire en lambeaux,
Par l'ardeur du soleil fondues,
Choir autour de lui dans les eaux.

La comparaison d'un homme qui tombe des nues avec un qui court la poste vous paroîtra peut-être bien hardie; mais si vous aviez vu le tableau d'un Icare que nous trouvâmes quelques jours après dans une hôtellerie, cette vision vous seroit venue comme à nous, ou tout au moins vous sembleroit excusable. Enfin, de quelque façon que vous la receviez, elle ne vous sauroit paroître plus bizarre que le fut à nos yeux la figure de ce cavalier, qui étoit par hasard notre ami d'Aubeville.

Quoique notre joie fût extrême dans cette rencontre, nous n'osâmes pourtant pas nous hasarder de l'embrasser en l'état où il étoit; mais sitôt

Qu'au logis il fut retiré,
Débotté, frotté, déciré,
Et qu'il nous parut délassé,
Il fut comme il faut embrassé.

Nous écrivîmes en ce temps-là, comme après avoir attendu l'homme que vous savez inutilement; nous résolûmes enfin de partir sans lui. Il fallut avoir recours à Blavet pour notre voiture, n'en pouvant trouver de commodes à Orléans. Le jour qu'il nous devoit arriver un carrosse de Paris, nous reçûmes une lettre de M. Boyer, par laquelle il nous assuroit qu'il viendroit dedans, et que ce soir-là nous souperions ensemble. Après donc avoir donné les ordres nécessaires pour le recevoir,

nous allâmes au-devant de lui. A cent pas
des portes, parut le long des grands chemins une manière de coche fort délabré,
tiré par quatre vilains chevaux, et conduit par un vrai cocher de lonage.

Un équipage en si mauvais ordre ne
pouvoit être que ce que nous cherchions ;
et nous en fûmes bientôt assurés quand
deux personnes qui étoient dedans, ayant
reconnu nos livrées, firent arrêter :

Et lors sortit avec grands cris
Un béquillard d'une portière,
Fort basané, sec, et tout gris,
Béquillant de même manière
Que Boyer béquille à Paris.

A cette démarche, qui n'eût cru voir
M. Boyer? Et cependant c'étoit le petit
duc avec M. Potel. Ils s'étoient tous deux
servis de la commodité de ce carrosse,
l'un pour aller à la maison de M. son

frère auprès de Tours, et l'autre à quelques affaires qui l'appeloient dans le pays. Après les civilités ordinaires, nous retournâmes tous ensemble à la ville, où nous lûmes une lettre d'excuse qu'ils apportoient de la part de M. Boyer; et cette fâcheuse nouvelle nous fut depuis confirmée de bouche par ces messieurs. Ils nous assurèrent que nonobstant la fièvre qui l'avoit pris malheureusement cette nuit-là, il n'eût pas laissé de partir avec eux comme il avoit promis, si son médecin, qui se trouva chez lui par hasard à quatre heures du matin, ne l'en eût empêché. Nous crûmes sans beaucoup de peine que, puisqu'il ne venoit pas après tant de serments, il étoit assurément

> Fort malade et presque aux abois;
> Car on peut, sans qu'on le cajole,
> Dire pour la première fois
> Qu'il auroit manqué de parole.

XII

Il fallut donc se résoudre à marcher
sans M. Boyer. Nous en fûmes d'abord
un peu fâchés; mais, avec sa permission,
en peu de temps consolés. Le souper,
préparé pour lui, servit à régaler ceux
qui vinrent à sa place, et le lendemain
tous ensemble nous allâmes coucher à
Blois. Durant le chemin, la conversation
fut un peu goguenarde : aussi étions-nous
avec des gens de bonne compagnie. Étant
arrivés, nous ne songeâmes d'abord qu'à
chercher M. Colomb. Après une si longue
absence, chacun mouroit d'envie de le
voir. Il étoit dans une hôtellerie avec M. le
président Le Bailleul, faisant si bien l'honneur de la ville, qu'à peine nous put-il
donner un moment pour l'embrasser. Mais
le lendemain à notre aise nous renouve-
lâmes une amitié qui, par le peu de commerce que nous avions eu depuis trois
années, sembloit avoir été interrompue.

Après mille questions faites toutes ensemble, comme il arrive ordinairement dans
une entrevue de fort bons amis qui ne se
sont point vus depuis long-temps, nous
eûmes, quoiqu'avec un extrême regret, la
curiosité d'apprendre de lui, comme de
la personne la plus instruite, et que nous
savons avoir été le seul témoin de tout le
particulier,

Ce que fit en mourant notre pauvre ami Blot,
Et ses moindres discours, et sa moindre pensée.
La douleur nous défend d'en dire plus d'un mot;
Il fit tout ce qu'il fit d'une âme fort sensée.

Enfin, ayant causé de beaucoup d'autres choses qu'il seroit trop long de vous
dire, nous allâmes ensemble faire la révé-
rence à Son Altesse Royale; et de là, dîner chez lui avec M. et madame la présidente Le Bailleul.

La, d'une obligeante manière,

 XIV

D'un visage ouvert et riant,
Il nous fit bonne et grande chère,
Nous donnant à son ordinaire
Tout ce que Blois a de friand.

Son couvert étoit le plus propre du
monde. Il ne souffroit pas sur sa nappe
une seule miette de pain. Des verres bien
rincés, de toutes sortes de figures, bril-
loient sans nombre sur son buffet, et la
glace étoit tout autour en abondance.

En ce lieu seul nous bûmes frais :
Car il a trouvé des merveilles
Sur la glace et sur les banquets,
Et pour empêcher les bouteilles
D'être à la merci des laquais.

Sa salle étoit parée pour le ballet du
soir, toutes les belles de la ville priées,
tous les violons de la province assemblés ;
et tout cela se faisoit pour divertir madame Le Bailleul.

Et cette belle présidente
Nous parut si bien ce jour-là,
Qu'elle en devoit être contente.
Assurément elle effaça
Tant de beautés qu'à Blois on vante.

Ni la bonne compagnie, ni les divertissements qui se préparoient, ne purent
nous empêcher de partir incontinent après
le dîné. Amboise devoit être notre couchée; et comme il étoit déjà tard, nous
n'eûmes que le temps qu'il falloit pour y
pouvoir arriver. La soirée s'y passa fort
mélancoliquement dans le déplaisir de
n'avoir plus à voyager sur la levée et sur
la vue de cette agréable rivière

Qui par le milieu de la France,
Entre les plus heureux coteaux,
Laisse en paix répandre ses eaux,
Et porte partout l'abondance
Dans cent villes et cent châteaux
Qu'elle embellit de sa présence.

XVI

Depuis Amboise jusqu'à Fontallade,
nous vous épargnerons la peine de lire
les incommodités de quatre méchants
gîtes, et à nous le chagrin d'un si fâcheux ressouvenir. Vous saurez seulement que la joie de M. de Lussans ne
parut pas petite de voir arriver chez lui
des personnes qu'il aimoit si tendrement.
Mais nonobstant la beauté de sa maison
et sa grande chère, il n'aura que les cinq
vers que vous avez déjà vus :

> Si les pays où croît l'encens,
> Ni ceux d'où vient la cassonnade,
> Ne sont point pour charmer les sens,
> Ce qu'est l'aimable Fontallade
> Du tendre et commode Lussans.

Il ne se contenta pas de nous avoir si
bien reçus chez lui, il voulut encore nous
accompagner jusqu'à Blayes. Nous nous
détournâmes un peu de notre chemin,

pour aller rendre tous ensemble nos de-
voirs à M. le marquis de Jonsac son beau-
frère. Un compliment de part et d'autre
décida la visite, et de toutes les offres
qu'il nous fit, nous n'acceptâmes que des
perdreaux et du pain tendre. Cette provi-
sion nous fut assez nécessaire, comme
vous allez voir :

> Car entre Blayes et Jonsac,
> On ne trouve que Croupignac :
> Le Croupignac est très-funeste,
> Car le Croupignac est un lieu
> Où six mourants faisoient le reste
> De cinq ou six cents que la peste
> Avoit envoyés devant Dieu ;
> Et ces six mourants s'étoient mis
> Tous six dans un même logis.
> Un septième, soi-disant prêtre,
> Plus pestiféré que les six,
> Les confessoit par la fenêtre,
> De peur, disoit-il, d'être pris
> D'un mal si fâcheux et si traître.

XVIII

Ce lieu si dangereux et si misérable fut traversé brusquement; et n'espérant pas trouver de village, il fallut se résoudre à manger sur l'herbe, où les perdreaux et le pain tendre de M. Jonsac furent d'un grand secours. Ensuite d'un repas si cavalier, continuant notre chemin, nous arrivâmes à Blayes, mais si tard, et le lendemain nous en partîmes si matin, qu'il nous fut impossible d'en remarquer la situation qu'avec la clarté des étoiles. Le montant, qui commençoit de très-bonne heure, nous obligeoit à cette diligence. Après donc avoir dit mille adieux à Lussans, et reçu mille baisers de lui, nous nous embarquâmes dans une petite chaloupe et voguâmes long-temps avant le jour.

Mais sitôt que par son flambeau
La lumière nous fut rendue,
Rien ne s'offrit à notre vue

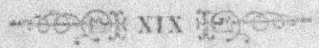

Que le ciel, et notre bateau
Tout seul dans la vaste étendue
D'une affreuse campagne d'eau.

La Garonne est effectivement si large
depuis qu'au bec des landes d'Ambesse
elle est jointe avec la Dordogne, qu'elle
ressemble tout-à-fait à la mer; et ses marées montent avec tant d'impétuosité,
qu'en moins de quatre heures nous fîmes
le trajet ordinaire,

Et vîmes au milieu des eaux
Devant nous paroître Bordeaux,
Dont le port en croissant resserre
Plus de barques et de vaisseaux
Qu'aucun autre port de la terre.

Sans mentir, la rivière étoit alors si
couverte, que notre felouque eut bien de
la peine à trouver une place pour abor-
der. La foire, qui se devoit tenir dans
peu de jours, avoit attiré cette grande

quantité de navires et de marchands,
quasi de toutes sortes de nations, pour
charger les vins de ce pays;

> Car ce fâcheux et rude port
> En cette saison a la gloire
> De donner tous les ans à boire
> Presqu'à tous les peuples du nord.

Ces messieurs emportent de là tous les
ans une effroyable quantité de vins; mais
ils n'emportent pas les meilleurs. On les
traite d'Allemands, et nous apprîmes qu'il
étoit défendu, non-seulement de leur ven-
dre les meilleurs pour les enlever, mais
même encore de leur en laisser boire dans
les cabarets. Après être descendus sur la
grève et avoir admiré quelque temps la situation de cette ville, nous nous retirâmes
au Chapeau rouge, où M. Taleman nous
vint prendre aussitôt qu'il sut notre arrivée. Depuis ce moment, nous nous retirâ-

mes dans notre logis, pendant notre séjour
à Bordeaux, pour y coucher. Les journées
se passoient tout entières le plus agréablement du monde chez M. l'intendant :
car les plus honnêtes gens de la ville n'ont
point d'autre réduit que sa maison. Il n'y
a pas un homme dans le parlement qui ne
soit ravi d'être de ses amis. Il a trouvé
même que la plupart étoient ses cousins,
et on le croiroit plutôt premier président
de la province que l'intendant. Enfin, il
est toujours le même que vous l'avez vu,
à cela près que sa dépense est plus grande.
Mais pour madame l'intendante, nous
vous dirons en secret qu'elle est tout-à-
fait changée.

> Quoique sa beauté soit extrême,
> Qu'elle ait toujours ce grand œil bleu,
> Plein de douceur et plein de feu,
> Elle n'est pourtant plus la même :

XXII

Car nous avons appris qu'elle aime,
Et qu'elle aime bien fort le jeu.

Elle, qui ne connoissoit pas autrefois
les cartes, passe maintenant les nuits au
lansquenet. Toutes les femmes de la ville
sont devenues joueuses pour lui plaire :
elles viennent régulièrement chez elle
pour la divertir ; et qui veut voir une
belle assemblée, n'a qu'à lui rendre visite. Mademoiselle du Pin se trouve toujours là bien à propos pour entretenir
ceux qui n'aiment point le jeu. En vérité,
sa conversation est si fine et si spirituelle,
que ce ne sont point les plus mal parta-
gés. C'est là que messieurs les Gascons
apprennent le bel air et la belle façon de
parler.

Mais cette agréable du Pin,
Qui dans sa manière est unique,
A l'esprit méchant et bien fin ;

Et si jamais Gascon s'en pique,
Gascon fera mauvaise fin.

Au reste, sans faire ici les goguenards
sur messieurs les Gascons, puisque Gascons y a, nous commencions nous-mêmes
à courir quelque risque, et notre retraite
un peu précipitée ne fut pas mal à propos.
Voyez pourtant quel malheur, nous nous
sauvons de Bordeaux pour donner deux
jours après dans Agen!

Agen, cette ville fameuse,
De tant de belles le séjour;
Si fatale et si dangereuse
Aux cœurs sensibles à l'amour;
Dès qu'on en approche l'entrée,
On doit bien prendre garde à soi:
Car tel y va de bonne foi
Pour n'y passer qu'une journée,
Qui s'y sent par je ne sais quoi
Arrêté pour plus d'une année.

Un nombre infini de personnes y ont

même passé le reste de leur vie sans en
pouvoir sortir. Le fabuleux palais d'Ar-
mide ne fut jamais si redoutable. Nous y
trouvâmes M. de Saint-Luc arrêté depuis
six mois; Nort depuis quatre années; et
Dortis depuis six semaines; et ce fut lui qui
nous instruisit de toutes ces choses, et qui
voulut absolument nous faire voir les en-
chanteresses de ce lieu. Il pria donc toutes
les belles de la ville à souper; et tout ce
qui se passa dans ce magnifique repas nous
fit bien connoître que nous étions dans un
pays enchanté. En vérité, ces dames ont tant
de beauté, qu'elles nous surprirent dans
leur premier abord; et tant d'esprit, qu'elles
nous gagnèrent dès la première conversation. Il est impossible de les voir et de conserver sa liberté; et c'est la destinée de tous
ceux qui passent en ce lieu-là, s'ils ont la
permission d'en sortir, d'y laisser au moins
leur cœur pour otage d'un prompt retour.

Ainsi donc qu'avoient fait les autres,
Il fallut y laisser les nôtres.
Là, tous deux ils nous furent pris :
Mais, n'en déplaise à tant de belles,
Ce fut par l'aimable Dortis;
Aussi nous traita-t-il mieux qu'elles.

Cela ne se fit assurément que sous leur bon plaisir. Elles ne lui envièrent point cette conquête; et, nous jugeant apparemment très-infirmes, elles ne daignèrent pas employer le moindre de leurs charmes pour nous retenir. Aussi le lendemain de grand matin trouvâmes-nous les portes ouvertes et les chemins libres : de sorte que rien ne nous empêcha de gagner Encosse sur les coureurs que M. de Chameraut nous avoit promis, et qui nous attendoient depuis un mois à Agen. C'est de ce véritable ami qu'on peut assurer

Et dire, sans qu'on le cajole,
Qu'il sait bien tenir sa parole.

XXVI

Encosse est un lieu dont nous ne vous entretiendrons guère; car, excepté ses eaux qui sont admirables pour l'estomac, rien ne s'y rencontre. Il est au pied des Pyrénées, éloigné de tout commerce, et l'on n'y peut avoir autre divertissement que celui de voir revenir sa santé. Un petit ruisseau, qui serpente à vingt pas du village entre des saules et des prés les plus verts qu'on puisse s'imaginer, étoit toute notre consolation. Nous allions tous les matins prendre nos eaux en ce bel endroit, et les après-dînées nous promener. Un jour que nous étions sur les bords, assis sur l'herbe, et que nous ressouvenant des hautes marées de la Garonne, dont nous avions la mémoire encore assez fraîche, nous examinions les raisons que donnent Descartes et Gassendi du flux et reflux, sortit tout d'un coup d'entre les roseaux les plus proches

un homme qui nous avoit apparemment
écoutés : c'étoit

> Un vieillard tout blanc, pâle et sec,
> Dont la barbe et la chevelure
> Pendoient plus bas que la ceinture.
> Ainsi l'on peint Melchisedec,
> Ou plutôt telle est la figure
> D'un certain vieux évêque grec,
> Qui, faisant le salamalec,
> Dit à tous la bonne aventure;
> Car il portoit un chapiteau
> Comme un couvercle de lessive;
> Mais d'une grandeur excessive,
> Qui lui tenoit lieu de chapeau :
> Et ce chapeau, dont les grands bords
> Alloient tombant sur ses épaules,
> Étoit fait de branches de saules,
> Et couvroit presque tout son corps.
> Son habit de couleur verdâtre
> Étoit d'un tissu de roseaux,
> Le tout couvert de gros morceaux
> D'un cristal epais et bleuâtre.

XXVIII

A cette apparition, la peur nous fit faire deux signes de croix et trois pas en arrière. Mais la curiosité prévalut sur la crainte, et nous résolûmes, bien qu'avec quelques petits battements de cœur, d'attendre le vieillard extraordinaire, dont l'abord fut tout-à-fait gracieux, et qui nous parla fort civilement de cette sorte :

Messieurs, je ne suis point surpris
Que de ma rencontre imprévue
Vous ayez un peu l'âme émue ;
Mais lorsque vous aurez appris
En quel rang les destins ont mis
Ma naissance à vous inconnue,
Et le sujet de ma venue,
Vous rassurerez vos esprits.
Je suis le dieu de ce ruisseau,
Qui, d'une urne jamais tarie
Qui penche au pied de ce coteau,
Prend le soin dans cette prairie
De verser incessamment l'eau
Qui la rend si verte et fleurie.

XXIX

Depuis huit jours matin et soir
Vous me venez réglément voir,
Sans croire me rendre visite.
Ce n'est pas que je ne mérite
Que l'on me rende ce devoir :
Car enfin j'ai cet avantage
Qu'un canal si clair et si net
Est le lieu de mon apanage.
Dans la Gascogne un tel partage
Est bien joli pour un cadet.
Aussi l'avez-vous trouvé tel,
Louant mes bords et ma verdure :
Ce qui me plaît, je vous assure,
Plus qu'une offrande ou qu'un autel;
Et tout-à-l'heure, je le jure,
Vous en serez, foi d'immortel,
Récompensés avec usure.
Dans ce petit vallon champêtre
Soyez donc les très-bien venus :
Chacun de vous y sera maître;
Et puisque vous voulez connoître
Les causes du flux et reflux,
Je vous instruirai là-dessus,

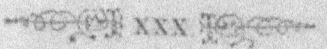 XXX

Et vous ferai bientôt paroître
Que les raisonnements cornus
De tous temps sont les attributs
De la foiblesse de votre être;
Car tous les dits et les redits
De ces vieux rêveurs de jadis
Ne sont que contes d'Amadis.
Même dans vos sectes dernières,
Les Descartes, les Gassendis,
Quoiqu'en différentes manières,
Et plus heureux et plus hardis
A fouiller les causes premières,
N'ont jamais traité ces matières
Que comme de vrais étourdis.
Moi qui sais le fin de ceci
Comme étant chose qui m'importe,
Pour vous mon amour est si forte,
Qu'après en avoir éclairci
Votre esprit de si bonne sorte
Qu'il n'en soit jamais en souci,
Je veux que la docte cohorte
Vous en doive le grand merci.

Il nous prit lors tous deux par la main, et nous fit asseoir sur le gazon à ses côtés. Nous nous regardions assez souvent sans rien dire, fort étonnés de nous voir en conversation avec un fleuve. Mais tout d'un coup

Il se moucha, cracha, toussa,
Puis en ces mots il commença :
Lorsque l'onde en partage échut
Au frère du grand dieu qui tonne,
L'avènement à la couronne
De ce nouveau monarque fut
Publié partout, et fallut
Que chaque dieu fleuve en personne
Allât lui porter son tribut.
Dans ces rencontres la Garonne
Entre tous les autres parut ;
Mais si brusque et si fanfaronne,
Que sa démarche lui déplut ;
Et le puissant dieu résolut
De châtier cette Gasconne
Par quelque signalé rebut :

XXXII

De fait, il en fit peu de cas;
Quand elle lui vint rendre hommage,
Il se renfrogna le visage,
Et la traita de haut en bas.
Mais elle, au lieu de l'apaiser,
Ayant pris soin d'apprivoiser
Avec la puissante Dordogne
Mille autres fleuves de Gascogne,
Sembla le vouloir offenser.
Lui d'une orgueilleuse manière,
Comme il a l'humeur fort altière,
Amèrement s'en courrouça,
Et d'une mine froide et fière
Deux fois si loin la repoussa,
Que cette insolente rivière
Toutes les deux fois rebroussa
Plus de six heures en arrière.
Bien qu'au vrai cette téméraire
Se fût attiré sur les bras
Un peu follement cette affaire,
Les grands fleuves ne crurent pas
Devoir en un tel embarras
Se séparer de leur confrère,

Ni l'abandonner ; au contraire,
Ils en murmurèrent tout bas,
Accusant le roi trop sévère :
Mais lui, brandant ses cheveux blancs
Tout dégouttants de l'onde amère :
Taisez-vous, dit-il, insolents,
On vous saurez en peu de temps
Ce que peut Neptune en colère.
Sur-le-champ, au lieu de se taire,
Plus haut encore on murmura :
Le dieu lors en furie entra,
Son trident par trois fois serra,
Et trois fois par le Styx jura :
Quoi donc ! ici l'on osera
Dire hardiment ce qu'on voudra ?
Chaque petit dieu glosera
Sur ce que Neptune fera ?
Per Dio, questo non sarù,
Chacun d'eux s'en repentira,
Et pareil traitement aura :
Car deux fois par jour on verra
Qu'à sa source on retournera,
Et deux fois mon courroux fuira :

3

Mais plus loin que pas un ira
Celui qui par son malheur a
Causé tout ce désordre-là;
Et cet exemple durera
Tant que Neptune régnera.
A ce dieu du moite élément
Ces rebelles lors se soumirent,
Et quoique grondants obéirent
Par force à ce commandement.
Voilà ce qu'on n'a jamais su,
Et ce que tout le monde admire;
Aussi avions-nous résolu
Pour notre honneur de n'en rien dire;
Mais aujourd'hui vous m'avez plu
Si fort que je n'ai jamais pu
M'empêcher de vous en instruire.

Il n'eut pas achevé ces mots qu'il s'écoula d'entre nous deux; mais si vite qu'il étoit à plus de vingt pas avant que nous nous en fussions aperçus. Nous le suivîmes le plus légèrement que nous pûmes, et, voyant qu'il étoit impossible de l'attraper, nous lui criâmes plusieurs fois :

> Hé ! monsieur le fleuve, arrêtez ;
> Ne vous en allez pas si vite :
> Hé ! de grâce ! un mot écoutez ;
> Mais il se remit dans son gîte,

et entra dans ces mêmes roseaux dont nous l'avions vu sortir. Nous allâmes en vain jusqu'à cet endroit ; car le bon homme étoit déjà tout fondu en eau quand nous arrivâmes, et sa voix n'étoit plus

> Qu'un murmure agréable et doux ;
> Mais cet agréable murmure
> N'est entendu que des cailloux ;
> Il ne le put être de nous ;
> Et même, sans vous faire injure,
> Il ne l'eût pas été de vous.

Après l'avoir appelé plusieurs fois inutilement, enfin la nuit nous obligea de retourner en notre logis, où nous fimes mille réflexions sur cette aventure. Notre

3.

esprit n'étoit pas entièrement satisfait de
cet éclaircissement, et nous ne pouvions
concevoir pourquoi, dans une sédition où
tous les fleuves avoient trempé, il n'y en
avoit eu qu'une partie de châtiés. Nous
revînmes plusieurs fois en ce même lieu,
tant que nous demeurâmes à Encosse,
pour y conjurer cet honnête fleuve de
nous vouloir donner à ce sujet un quart
d'heure de conversation; mais il ne parut
plus, et nos eaux étant prises, le temps
vint enfin de s'en aller. Un carrosse, que
M. le sénéchal d'Armagnac avoit envoyé,
nous mena bien à notre aise chez lui à
Castille, où nous fûmes reçus avec tant de
joie, qu'il étoit aisé de juger que nos visages n'étoient point désagréables au maître de la maison.

> C'est chez cet illustre Fontrailles,
> Où les tourtes, les ortolans,
> Les perdrix rouges, et les cailles,

Et mille autres vols succulents,
Nous firent horreur des mangeailles
Dont Carbon et tant de canailles
Vous affrontent depuis vingt ans.

Vous autres casaniers, qui ne connois-
sez que la Vallée de misère et vos rôtis-
seurs de Paris, vous ne savez ce que c'est
que la bonne chère ; si vous vous y con-
noissez, et si vous l'aimez comme vous
dites,

Soyez donc assez braves gens
Pour quitter enfin vos murailles ;
Et si vous êtes de bon sens,
Allez, et courez chez Fontrailles
Vous gorger de mets excellents.

Vous y serez bien reçus assurément, et
vous le trouverez toujours le même : sans
plus s'embarrasser des affaires du monde,
il se divertit à faire achever sa maison,
qui sera parfaitement belle. Les honnêtes
gens de sa province en savent fort bien

le chemin; mais les autres ne l'ont jamais
pu trouver. Après nous y être empiffrés
quatre jours avec M. le président de Marmiesse, qui prit la peine de s'y rendre
aussitôt qu'il fut averti de notre arrivée,
nous allâmes tous ensemble à Toulouse
descendre chez M. l'abbé de Beauregard,
qui nous attendoit, et qui nous donna de
ces repas qu'on ne peut faire qu'à Toulouse. Le lendemain, M. le président de
Marmiesse nous voulut faire voir dans un
dîner jusques où peut aller la splendeur
et la magnificence, ou plutôt, avec sa permission, la profusion et la prodigalité. Le
festin du *Menteur* n'étoit rien en comparaison; et c'est ici qu'il faut redoubler
nos efforts pour vous en faire une description magnifique.

> Toi qui présides aux repas,
> O muse! sois-nous favorable;
> Décris avec nous tous les plats

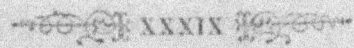 XXXIX

Qui parurent sur cette table :
Pour notre honneur et pour ta gloire
Fais qu'aucun de tous ces grands mets
Ne s'échappe à notre mémoire,
Et fais qu'on en parle à jamais.
Mais comme notre esprit s'abuse
De s'imaginer qu'aux festins
Puisse présider une muse,
Et qu'elle se connoisse en vins !
Non, non, les doctes demoiselles
N'eurent jamais un bon morceau,
Et ces vieilles sempiternelles
Ne burent jamais que de l'eau.
A qui donc adresser ses vœux
En des occasions pareilles?
Est-ce à vous, Bacchus, roi des treilles?
Mais pour rimer Bacchus et Come
Sont des dieux de peu de secours,
Et jamais de mémoire d'homme
On ne leur fit un tel discours.

Tout nous manque au besoin, et de
notre chef nous n'oserions entreprendre

une si grande affaire : il faut donc nous
contenter de vous dire que jamais on ne
vit rien de si splendide; et nous eussions
cru Toulouse, ce lieu si renommé pour
la bonne chère, épuisé pour jamais de
toute sorte de gibier, si l'un de vos amis
et des nôtres ne nous eût encore le lendemain, dans un diner, fait admirer cette
ville comme un prodige pour la quantité
des belles choses qu'elle fournit. Vous de-
vinerez aisément son nom quand nous
vous dirons

> Que c'est un de ces beaux esprits
> Dont Toulouse fut l'origine :
> C'est le seul Gascon qui n'a pris
> Ni l'air ni l'accent du pays;
> Et l'on jugeroit à sa mine
> Qu'il n'a jamais quitté Paris.

Enfin c'est l'agréable M. d'Osneville,
dont l'air et l'esprit n'ont rien que d'un

homme qui n'auroit jamais bougé de la
cour.

> Vous saurez qu'il est marié
> Environ depuis une année,
> Et qu'il est tout-à-fait lié
> Du sacré lien d'hyménée,
> Lié tout-à-fait, c'est-à-dire
> Qu'il est lié tout-à-fait bien,
> Et qu'il ne lui manque plus rien,
> Et qu'il a tout ce qu'il désire.
> L'épouse est bien apparentée,
> Et bien apparenté l'époux;
> Elle jeune, riche, espritée;
> Il est jeune, riche, esprit doux.

Avec lui et dans son carrosse nous quittâmes Toulouse pour aller à Grouille, où
M. le comte d'Aubijoux nous reçut fort
civilement. Nous le trouvâmes dans un
petit palais qu'il a fait bâtir au milieu de
ses jardins, entre des fontaines et des
bois, et qui n'est composé que de trois

chambres ; mais bien peintes et tout-à-fait
appropriées. Il a destiné ce lieu pour se
retirer en particulier avec deux ou trois
de ses amis, ou, quand il est seul, s'entretenir avec ses livres, pour ne pas dire
avec sa maîtresse.

> Malgré l'injustice des cours,
> Dans cet agréable ermitage
> Il coule doucement ses jours,
> Et vit en véritable sage.

De vous dire qu'il tenoit une fort bonne
table et bien servie, ce ne seroit vous apprendre rien de nouveau ; mais peut-être
serez-vous surpris de savoir que, faisant
si grande chère, il ne vivoit que d'une
croûte de pain par jour : aussi son visage
étoit-il d'un homme mourant. Bien que
son parc fût très-grand, et qu'il eût mille
endroits tous plus beaux les uns que les
autres pour se promener, nous passions

les journées entières dans une petite île
plantée et tenue aussi propre qu'un jar-
din, et dans laquelle on trouve, comme
par miracle, une fontaine qui jaillit et va
mouiller le haut d'un berceau de grands
cyprès qui l'environnent.

> Sous ce berceau qu'Amour exprès
> Fit pour toucher quelque inhumaine,
> L'un de nous deux un jour au frais,
> Assis près de cette fontaine,
> Le cœur percé de mille traits,
> D'une main qu'il portoit à peine
> Grava ces vers sur un cyprès :
> « Hélas ! que l'on seroit heureux
> « Dans ce beau lieu digne d'envie,
> « Si, toujours aimé de Silvie,
> « L'on pouvoit, toujours amoureux,
> « Avec elle passer la vie ! »

Vous connoîtrez par-là que dans notre
voyage nous ne songions pas toujours à
faire bonne chère, et que nous avions

quelquefois des moments assez tendres.
Au reste, quoique Grouille ait tant de
charmes, M. d'Aubijoux ne nous put tenir que trois jours, après lesquels il nous
donna son carrosse pour aller à Castres
prendre celui de M. de Penautier, qui
nous mena chez lui à Penautier, à une
lieue de Carcassonne. Vos santés y furent
bues mille fois avec le cher ami Balzant,
qui ne nous quitta pas un moment. La
comédie fut aussi un de nos divertissements assez grand, parceque la troupe
n'étoit pas mauvaise, et qu'on y voyoit
toutes les dames de Carcassonne. Quand
nous en partîmes, M. de Penautier, qui
sans doute est un des plus honnêtes hommes du monde, voulut absolument que
nous prissions encore son carrosse pour
aller à Narbonne, quoiqu'il y eût une
grande journée. Le temps étoit si beau,
que nous espérions le lendemain sur nos

chevaux frais, et qui suivoient en main depuis Encosse, aller coucher près de Montpellier ; mais par malheur

> Dans cette vilaine Narbonne,
> Toujours il pleut, toujours il tonne :
> Toute la nuit doucques il plut,
> Et tant d'eau cette nuit il chut,
> Que la campagne submergée
> Tint deux jours la ville assiégée.

Que cela ne vous surprenne point, quand il pleut six heures en cette ville, comme c'est toujours par orage, et qu'elle est située dans un fond tout environné de montagnes, en peu de temps les eaux se ramassent en si grande abondance, qu'il est impossible d'en sortir sans courir risque de se noyer. Nous le voulûmes pourtant hasarder ; mais l'accident d'un laquais emporté par une ravine, et qui sans doute étoit perdu si son cheval ne

l'eût sauvé à la nage, nous fit rentrer
bien vite pour attendre que les passages
fussent libres. Des messieurs que nous
trouvâmes se promenant dans la grande
place, et qui nous parurent être des principaux du pays, ayant appris notre aventure, crurent qu'il étoit de leur honneur
de ne nous laisser pas ennuyer. Ils nous
voulurent donc faire voir les raretés de
leur ville, et nous menèrent d'abord dans
l'église cathédrale, qu'ils prétendoient être
un chef-d'œuvre pour la hauteur de ses
voûtes ; mais nous ne saurions pas bien
dire au vrai

> Si l'architecte qui la fit
> La fit ronde, ovale, ou carrée ;
> Et moins encor s'il la bâtit
> Haute, large, basse, ou serrée :
> Car, arrivés en ce saint lieu,
> Nous n'eûmes jamais autre envie
> Que de faire des vœux à Dieu

XLVII

De ne le voir de notre vie,
Ce qu'on y montre encor de rare
Est un vieux et sombre tableau,
Où l'on voit sortir un Lazare
A demi mort de son tombeau;
Mais le peintre l'a si bien fait
Sec, pâle, hideux, noir, effroyable,
Qu'il semble bien moins le portrait
Du bon Lazare que d'un diable.

Ces messieurs ne furent pas contents de nous avoir fait voir ces deux merveilles; ils eurent encore la bonté, pour nous régaler tout-à-fait, de nous présenter à deux ou trois de leurs plus polies demoiselles qui tomboient en vérité de la vérole. Voilà tous les divertissements que nous eûmes à Narbonne. Voyez par-là si deux jours que nous y demeurâmes se passèrent agréablement. Toi qui nous as si bien divertis,

Digne objet de notre courroux,

XLVIII

Vieille ville toute de fange,
Qui n'es que ruisseaux et qu'égouts,
Pourrois-tu prétendre de nous
Le moindre vers à ta louange?
Va, tu n'es qu'un quartier d'hiver
De quinze ou vingt malheureux drilles,
Où l'on peut à peine trouver
Deux ou trois misérables filles
Aussi malsaines que ton air.
Va, tu n'eus jamais rien de beau,
Rien qui mérite qu'on le prise;
Bien peu de chose est ton tableau,
Et bien moins que rien ton église.

L'apostrophe est un peu violente, ou
l'imprécation un peu forte; mais nous
passâmes dans cette étrange demeure deux
journées avec tant de chagrin, qu'elle en
est quitte à bon marché. Enfin les eaux
s'écoulèrent, et nos chevaux n'en ayant
plus que jusques aux sangles, il nous fut
permis de sortir. Après avoir marché trois

ou quatre lieues dans les plaines toutes
noyées, et passé sur de méchantes plan-
ches un torrent qui s'étoit fait de l'égout
des eaux, large comme une rivière; Bé-
ziers, cette ville si propre et si bien située, nous fit voir un pays aussi beau
que celui dont nous partions étoit vilain.
Le lendemain, ayant traversé les landes
de Saint-Hubert, et goûté les bons muscats de Loupian, nous vîmes Montpellier
se présenter à nous environné de ces plan-
tades et de ces blanquettes que vous con-
noissez. Nous y abordâmes à travers mille
boules de mail; car on joue là le long des
chemins à la chicane. Dans la grande rue
des Parfumeurs, par où l'on entre d'abord,
l'on croit être dans la boutique de Martial;
et cependant,

> Bien que de cette belle ville
> Viennent les meilleures senteurs,

4

Son terroir en muscat fertile
Ne lui produit jamais de fleurs.

Cette rue si parfumée conduit dans une grande place où sont les meilleures hôtelleries. Mais nous fûmes bientôt épouvantés

De rencontrer en cette place
Un grand concours de populace ;
Chacun y nommoit d'Assouci.
Il sera brûlé, Dieu merci,
Disoit une vieille bagasse ;
Dieu veuille qu'autant on en fasse
A tous ceux qui vivent ainsi.

La curiosité de savoir ce que c'étoit nous fit avancer plus avant ; tout le bas etoit plein de peuple, et les fenêtres remplies de personnes de qualité. Nous y connûmes un des principaux de la ville qui nous fit entrer aussitôt dans le logis. Dans la chambre où il étoit, nous apprîmes

qu'effectivement on alloit brûler d'Assouci
pour un crime qui est en abomination parmi les femmes. Dans cette même chambre,
nous trouvâmes grand nombre de dames,
qu'on nous dit être les plus polies, les
plus qualifiées, et les plus spirituelles de
la ville, quoique pourtant elles ne fussent
ni trop belles ni trop bien mises. A leurs
petites mignardises, leur parler gras, et
leurs discours extraordinaires, nous crûmes bientôt que c'étoit une assemblée
des précieuses de Montpellier; mais, bien
qu'elles fissent de nouveaux efforts à cause
de nous, elles ne paroissoient que des précieuses de campagne, et n'imitoient que
foiblement les nôtres de Paris. Elles se
mirent exprès sur le chapitre des beaux
esprits, afin de nous faire voir ce qu'elles
valoient par le commerce qu'elles ont avec
eux. Il se commença donc une conversation assez plaisante :

4.

 LII

Les unes disoient que Ménage
Avoit l'air et l'esprit galant ;
Que Chapelain n'étoit pas sage,
Que Costar n'étoit pas pédant.

Les autres croyoient M. de Scudéri

Un homme de fort bonne mine,
Vaillant, riche, et toujours bien mis ;
Sa sœur une beauté divine ;
Et Pélisson un Adonis.

Elles en nommèrent encore une très-grande quantité, dont il ne nous souvient plus. Après avoir bien parlé de si beaux esprits, il fut question de juger de leurs ouvrages. Dans l'*Alaric* et dans le *Moïse*, on ne loua que le jugement et la conduite ; et dans la *Pucelle*, rien du tout ; dans Sarrasin, on n'estima que la lettre de M. Ménage, et la préface de M. Pélisson fut traitée de ridicule ; Voiture même passa pour un homme grossier. Quant aux Romains,

Cassandre fut estimé pour la délicatesse de la conversation; *Cyrus* et *Clélie*, pour la magnificence de l'expression et la grandeur des événements. Mille autres choses se débitèrent encore plus surprenantes que tout cela. Puis insensiblement la conversation tomba sur d'Assouci, parce qu'il leur sembla que l'heure de l'exécution approchoit. Une de ces dames prit la parole, et s'adressant à celle qui nous avoit paru la principale et la maîtresse précieuse :

> Ma bonne, est-ce celui qu'on dit
> Avoir autrefois tant écrit,
> Même composé quelque chose
> En vers sur la *Métamorphose?*
> Il faut donc qu'il soit bel esprit.
> Aussi l'est-il, et l'un des vrais,
> Reprit l'autre, et des premiers faits;
> Ses lettres lui furent scellées
> Dès leurs premières assemblées :
> J'ai la liste de ces messieurs,

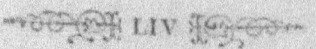

Son nom est en tête des leurs ;
Puis d'une mine sérieuse
Avec certain air affecté,
Penchant sa tête de côté,
Et de ce ton de précieuse
Lui dit : Ma chère, en vérité,
C'est dommage que dans Paris
Ces messieurs de l'Académie,
Tous ces messieurs les beaux esprits,
Soient sujets à telle infamie.

L'envie de rire nous prit si furieuse-
ment, qu'il nous fallut quitter la chambre
et le logis pour en aller éclater à notre
aise dans l'hôtellerie. Nous eûmes toutes
les peines du monde à passer dans les rues
à cause de l'affluence du peuple.

Là, d'hommes on voyoit fort peu ;
Cent mille femmes animées,
Toutes de colère enflammées,
Accouroient en foule en ce lieu
Avec des torches allumées.

LV

Elles écumoient toutes de rage; et jamais on n'a rien vu de si terrible : les unes disoient que c'étoit trop peu de le brûler; les autres, qu'il falloit l'écorcher vif auparavant; et toutes, que si la justice le leur vouloit livrer, elles inventeroient de nouveaux supplices pour le tourmenter. Enfin

> L'on auroit dit, à voir ainsi
> Ces bacchantes échevelées,
> Qu'au moins ce monsieur d'Assouci
> Les auroit toutes violées;

et cependant il ne leur avoit jamais rien fait. Nous gagnâmes avec bien de la peine notre logis, où nous apprîmes en arrivant qu'un homme de condition avoit fait sauver le malheureux; et quelque temps après on nous vint dire que toute la ville étoit en rumeur, que les femmes y faisoient une sédition, et qu'elles avoient déjà déchiré

deux ou trois personnes, pour être seulement soupçonnées de connoître d'Assouci.
Cela nous fit une très-grande frayeur en
vérité;

> Et, de peur d'être pris aussi
> Pour amis du sieur d'Assouci,
> Ce fut à nous de faire gille :
> Nous fûmes donc assez prudents
> Pour quitter d'abord cette ville,
> Et cela fut d'assez bon sens.

Nous nous sauvons donc, comme des
criminels, par une porte écartée, et prenons le chemin de Massillargues, espérant de pouvoir arriver avant la nuit à
une demi-lieue de Montpellier. Nous rencontrâmes notre d'Assouci avec un page
assez joli qui le suivoit. En deux mots il
nous conta ses disgrâces; aussi n'avions-
nous pas le loisir d'écouter un long discours ni de le faire. Chacun donc s'en alla

de son côté, lui fort vite, quoiqu'à pied, et nous assez doucement, à cause que nos chevaux étoient fatigués. Nous arrivâmes avant la nuit chez M. de Cauvisson, qui pensa mourir de rire de notre aventure. Il prit le soin, par sa bonne chère et par ses bons lits, de nous faire bientôt oublier ces fatigues. Nous ne pûmes, étant si proches de Nîmes, refuser à notre curiosité de nous détourner pour aller voir

Ces grands et fameux bâtiments
Du pont du Gard, et des Arènes,
Qui nous restent pour monuments
Des magnificences romaines.
Ils sont plus entiers et plus sains
Que tant d'autres restes si rares
Échappés aux brutales mains
De ce déluge de barbares
Qui furent les fléaux des humains.

Fort satisfaits du Languedoc, nous primes assez vite la route de Provence par cette grande prairie de Beaucaire, si célèbre pour sa foire; et le même jour nous vîmes de bonne heure

> Paroître sur les bords du Rhône
> Ces murs pleins d'illustres bourgeois,
> Glorieux d'avoir autrefois
> Eu chez eux la cour et le trône
> De trois ou quatre puissants rois.

On y aborde par

> Cette heureuse et fertile plaine,
> Qui doit son nom à la vertu
> Du grand et fameux capitaine
> Par qui le fier Danois battu
> Reconnut la grandeur romaine.

Nous vîmes, pour vous parler un peu moins poétiquement, cette belle et célèbre ville d'Arles, qui, par son pont de bateaux, nous fit passer de Languedoc en Provence. C'est assurément y entrer par la plus belle porte. La situation admirable

de ce lieu y a presque attiré toute la no-
blesse du pays, et les dames y sont pro-
pres, galantes, et jolies; mais si couvertes
de mouches qu'elles en paroissent un peu
coquettes. Nous les vîmes toutes aux cours
où nous fûmes, faisant fort bien leur devoir, avec quantité de messieurs assez bien
faits. Elles nous donnèrent lieu de les accoster, quoique inconnus; et, sans vanité,
nous pouvons dire qu'en deux heures de
conversation nous avançâmes assez nos
affaires, et que nous fîmes peut-être quelques jaloux. Le soir, on nous pria d'une
assemblée, où l'on nous traita plus favo-
rablement encore: mais, avec tout cela, ces
belles ne purent obtenir de nous qu'une
nuit, et le lendemain nous en partîmes et
traversâmes avec bien de la peine

La vaste et pierreuse campagne
Couverte encor de ces cailloux

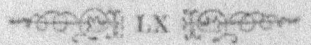 LX

Qu'un prince revenant d'Espagne
Y fit pleuvoir dans son courroux.

C'est une grande plaine toute couverte
de cailloux effectivement jusques à Salon,
petite ville, et qui n'a point d'autre rareté
que le tombeau de Nostradamus. Nous y
couchâmes, et nous n'y dormîmes pas un
moment à cause des hauts cris d'une co-
médienne, qui s'avisa d'accoucher cette
nuit, proche de notre chambre, de deux
petits comédiens. Un tel vacarme nous fit
monter à cheval de bon matin, et cette
diligence servit à nous faire considérer
plus à notre aise, en arrivant à Marseille,
cette multitude de maisons qu'ils appel-
lent Bastides, dont toute la campagne voi-
sine est couverte. Le grand nombre en est
plus surprenant que la beauté, car elles
sont toutes fort petites et fort vilaines.
Vous avez tant ouï parler de Marseille,

que de vous en entretenir présentement
ce seroit répéter les mêmes choses, et
peut-être vous ennuyer.

> Tout le monde sait que Marseille
> Est riche, illustre, et sans pareille
> Pour son terroir et pour son port ;
> Mais il vous faut parler du fort,
> Qui sans doute est une merveille :
> C'est Notre-Dame de la Garde,
> Gouvernement commode et beau,
> A qui suffit pour toute garde
> Un Suisse avec sa hallebarde
> Peint sur la porte du château.

Ce fort est sur le sommet d'un rocher
presque inaccessible et si haut élevé que,
s'il commandoit à tout ce qu'il voit au-
dessous de lui, la plupart du genre humain ne vivroit que sous son plaisir.

> Aussi voyons-nous que nos rois,
> En connoissant bien l'importance,
> Pour le confier ont fait choix

Toujours de gens de conséquence,
De gens pour qui dans les alarmes
Le danger auroit eu des charmes,
Des gens prêts à tout hasarder,
Qu'on eût vus long-temps commander,
Et dont le poil poudreux eût blanchi sous les
armes.

Une description magnifique qu'on a faite
autrefois de cette place nous donna la curiosité de l'aller voir. Nous grimpâmes
plus d'une heure avant que d'arriver à
l'extrémité de cette montagne, où l'on est
bien surpris de ne trouver qu'une mé-
chante masure tremblante, prête à tom-
ber au premier vent. Nous frappâmes à la
porte, mais doucement, de peur de la jeter par terre; et après avoir heurté long-
temps, sans entendre même un chien
aboyer sur la tour,

Des gens, qui travailloient là proche,
Nous dirent : Messieurs, là-dedans

LXIII

On n'entre plus depuis long-temps :
Le gouverneur de cette roche,
Retournant en cour par le coche,
A depuis environ quinze ans
Emporté la clef dans sa poche.

La naïveté de ces bonnes gens nous fit
bien rire, surtout quand ils nous firent
remarquer un écriteau que nous lûmes
avec assez de peine, car le temps l'avoit
presque effacé.

Portion de gouvernement
A louer tout présentement.

Plus bas en petit caractère :

Il faut s'adresser à Paris,
Ou chez Conrart le secrétaire,
Ou chez Courbé, l'homme d'affaire
De tous messieurs les beaux esprits.

Croyant après cela n'avoir plus rien de
rare à voir en ce pays, nous le quittâmes

sur-le-champ, et même avec empresse-
ment pour aller goûter des muscats à la
Cioutat. Nous n'y arrivâmes pourtant que
fort tard, parce que les chemins sont ru-
des, et que, passant par Cassis, il est bien
difficile de ne s'y pas arrêter à boire. Vous
n'êtes pas assurément curieux de savoir
de la Cioutat

> Que les marchands et les nochers
> La rendent fort considérable;
> Mais pour le muscat adorable,
> Qu'un soleil proche et favorable
> Confit dans les brûlants rochers,
> Vous en aurez, frères très-chers,
> Et du meilleur sur votre table.

Les grandes affaires que nous avions en
ce lieu furent achevées aussitôt que nous
eûmes acheté le meilleur vin. Ainsi le
lendemain, vers le midi, nous nous ache-
minâmes vers Toulon. Cette ville est dans

une situation admirable, exposée au midi, et couverte au septentrion par des monta- gnes élevées jusques aux nues, qui rendent son port le plus grand et le plus sûr qui soit au monde. Nous y trouvâmes M. le chevalier Paul, qui, par sa charge, par son mérite, et par sa dépense, est le pre- mier et le plus considérable du pays.

> C'est ce Paul, dont l'expérience
> Gourmande la mer et le vent;
> Dont le bonheur et la vaillance
> Rendent formidable la France
> A tous les peuples du Levant.

Ces vers sont aussi magnifiques que sa mine; mais en vérité, quoiqu'elle ait quel- que chose de sombre, il ne laisse pas d'être commode, doux, et tout-à-fait hon- nête. Il nous régala dans sa cassine pro- pre et si bien entendue qu'elle semble un petit palais enchanté. Nous n'avions trou-

vé jusque-là que des orangers de médiocre grandeur, et dans des jardins. L'envie
d'en voir de gros comme des chênes, et
dans le milieu des campagnes, nous fit
aller jusques à Hières. Que ce lieu nous
plut! qu'il est charmant! et quel séjour
seroit-ce que Paris sous un si beau climat!

Que c'est avec plaisir qu'aux mois
Si fâcheux en France et si froids
On est contraint de chercher l'ombre
Des orangers, qu'en mille endroits
On y voit, sans rang et sans nombre,
Former des forêts et des bois!
Là, jamais les plus grands hivers
N'ont pu leur déclarer la guerre :
Cet heureux coin de l'univers
Les a toujours beaux, toujours verts,
Toujours fleuris en pleine terre.

Qu'ils nous ont donné de mépris pour
les nôtres, dont les plus conservés et les

mieux gardés ne doivent pas être en comparaison appelés des orangers;

> Car ces petits nains contrefaits,
> Toujours tapis entre deux ais
> Et contraints sous des casemates,
> Ne sont, à bien parler, que vrais
> Et misérables culs-de-jattes.

Nous ne pouvions terminer notre voyage par un lieu qui nous laissât une idée plus agréable; aussi dès le moment ne songeâmes-nous plus qu'à retourner à Paris. Notre dévotion nous fit pourtant détourner un peu pour aller à la Sainte-Baume. C'est un lieu presque inaccessible, et que l'on ne peut voir sans effroi. C'est un antre dans le milieu d'un rocher escarpé, de plus de quatre-vingts toises de haut, fait assurément par miracle; car il est bien aisé de voir que les hommes

> N'y peuvent avoir travaillé;

5.

Et l'on croit, avec apparence,
Que les saints esprits ont taillé
Ce roc, qu'avec tant de constance
La sainte a si long-temps mouillé
Des larmes de sa pénitence.
Mais si d'une adresse admirable
L'ange a taillé ce roc divin,
Le démon cauteleux et fin
En a fait l'abord effroyable,
Sachant bien que le pèlerin
Se donneroit cent fois au diable,
Et se damneroit en chemin.

Nous y montâmes cependant avec bien de la peine par une horrible pluie, et par la grâce de Dieu, sans murmurer un seul mot. Mais nous n'y fûmes pas plus tôt arrivés, qu'il nous prit une extrême impatience d'en sortir sans savoir pourquoi. Nous examinâmes donc assez brusquement la bizarrerie de cette demeure, et nous nous instruisîmes en un moment

des religieux, de leur ordre, de leur cou-
tume, et de leur manière de traiter les
passants; car ce sont eux qui les reçoivent
et qui tiennent hôtellerie.

> L'on n'y mange jamais de chair,
> L'on n'y donne que du pain d'orge
> Et des œufs qu'on y vend bien cher.
> Les moines hideux ont de l'air
> Des gens qui sortent d'une forge;
> Enfin ce lieu semble un enfer,
> Ou pour le moins un coupe-gorge.
> L'on ne peut être sans horreur
> Dedans cette horrible demeure,
> Et la faim, la soif, et la peur
> Nous en firent sortir sur l'heure.

Bien qu'il fît presque nuit, et qu'il fît le
plus vilain temps du monde, nous aimâ-
mes mieux hasarder de nous perdre dans
les montagnes que de demeurer à la Sainte-
Baume. Les reliques qui sont à Saint-Maxi-
min nous portèrent bonheur, et nous y

firent arriver avec l'aide d'un guide, sans
nous être égarés, mais non pas sans être
mouillés. Aussi le lendemain, la matinée
s'étant passée tout entière en dévotion,
c'est-à-dire à faire toucher des chapelets
à quantité de corps saints et à mettre d'assez grosses pièces à tous les troncs, nous
allâmes nous enivrer d'excellente blan-
chette de Negreaux, et de là coucher à
Aix. C'est une capitale sans rivière, et
dont tous les dehors sont fort désagréables; mais en récompense belle et assez
bien bâtie, et de bonne chère. Orgon fut
ensuite notre couchée, lieu célèbre pour
tous les bons vins, et le jour d'après
Avignon nous fit admirer la beauté de
ses murailles. Madame de Castelane y
étoit, à qui nous rendîmes visite aussitôt
le même jour, qui fut le jour des Morts.
Nous la trouvâmes chez elle en bonne
compagnie; elle n'étoit point, comme les

autres veuves, dans les églises à prier
Dieu;

> Car, bien qu'elle ait l'âme assez tendre
> Pour tout ce qu'elle auroit chéri,
> On auroit peine à la surprendre
> Sur le tombeau de son mari.

Avignon nous avoit paru si beau, que
nous voulûmes y demeurer deux jours
pour l'examiner plus à loisir. Le soir que
nous prenions le frais sur les bords du
Rhône par un beau clair de lune, nous
rencontrâmes un homme qui se prome-
noit, qui nous sembloit avoir l'air du
sieur d'Assouci; son manteau qu'il portoit
sur le nez empêchoit qu'on ne le pût bien
voir au visage. Dans cette incertitude,
nous prîmes la liberté de l'accoster et de
lui demander :

> Est-ce vous, monsieur d'Assouci?
> Oui, c'est moi, messieurs, me voici,

LXXII

N'ayant plus pour tout équipage
Que mes vers, mon luth, et mon page.
Vous me voyez sur le pavé,
En désordre, malpropre, et sale :
Aussi je me suis esquivé
Sans emporter paquet ni malle;
Mais enfin me voilà sauvé,
Car je suis en terre papale.

Il avoit effectivement avec lui le même
page que nous lui avions vu lorsqu'il se
sauva de Montpellier, et que l'obscurité
nous avoit empêchés de discerner. Il nous
prit envie de savoir au vrai ce que c'étoit
que ce petit garçon, et quelle belle qualité l'obligeoit à le mener avec lui : nous
le questionnâmes donc assez malicieuse-
ment, lui disant :

Ce petit garçon qui vous suit,
Et qui derrière vous se glisse,
Que sait-il? en quel exercice,
En quel art l'avez-vous instruit?

Il sait tout, dit-il ; s'il vous duit,
Il est bien à votre service.

Nous le remerciâmes lors bien civilement, ainsi que vous eussiez fait, et ne
lui répondîmes autre chose,

Qu'adieu, bonsoir, et bonne nuit :
De votre page qui vous suit,
Et qui derrière vous se glisse,
Et de tout ce qu'il sait aussi,
Grand merci, monsieur d'Assouci !
D'un si bel offre de service,
Monsieur d'Assouci, grand merci.

Notre lettre finira par un bel endroit,
quoiqu'elle soit écrite de Lyon : ce n'est
pas que nous n'ayons à vous mander bien
des choses des beautés du Pont-Saint-
Esprit, des bons vins de Condrieux et de
Côte-Rôtie ; mais, en vérité, nous sommes
si las d'écrire, que la plume nous tombe
des mains, outre que nous voulons avoir

de quoi vous entretenir, lorsque nous au-
rons le plaisir de vous revoir : cependant,

Si nous allions tout vous déduire,
Nous n'aurions plus rien à vous dire ;
Et vous saurez qu'il est plus doux
De causer buvant avec vous,
Qu'en voyageant de vous écrire.
Adieu, les deux frères nourris
Aussi bien que gens de la ville,
Que nous aimons plus que dix mille
Des plus aimables de Paris.

DATE.

De Lyon, où l'on nous a dit
Que le roi, par un rude édit,
Avoit fait défenses expresses,
Expresses défenses à tous
De plus porter chausses suissesses.
Cet édit, qui n'est rien pour nous,
Vous réduit en grandes détresses,
Grosses bedaines, grosses fesses ;
Car où diable vous mettrez-vous ?

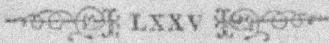

LXXV

ADRESSE.

A messieurs les aînés *Broussins*,
Chacun enseignera la rue;
Car leur demeure est plus connue
Au Marais que les capucins.

LETTRE

DE CHAPELLE

A M. MOREAU,

ÉCRITE DE SAINT-LAZARE, A L'AGE DE
VINGT ANS.

Je ne vous ferai point ici la description de la maison de Saint-Lazare où je suis, puisque je vous la vais faire en vers; je me contenterai seulement de vous dire, pour vous exciter à la compassion, que je suis dans un lieu où on me donne tout ce qui m'est inutile, et rien de ce qui m'est nécessaire. J'ai un bénitier, et je n'ai point de pot de

chambre auprès de mon lit. J'ai un prie-
Dieu, et je n'ai point de chaise ni table
dans ma chambre. J'ai un surplis, et je
n'ai point de chemise. J'ai un bonnet pour
le jour, et je n'en ai point de nuit. J'ai
une soutane, et je n'ai point de robe de
chambre. J'ai des pantoufles, et je n'ai
point de souliers; et à table j'ai des serviettes, des assiettes, des couteaux, des
cuillers, et je n'ai rien à manger. Enfin,
monsieur, dans les conversations je n'ai
que des gens qui m'importunent, et je
n'en ai point qui me divertissent; car tous
leurs entretiens ne sont que des invectives
contre les vicieuses coutumes du siècle,
et de s'emporter particulièrement contre
ceux qui, au lieu de dire : *Je me recom-
mande à vos bonnes grâces*, disent, quand
ils se quittent : *Je suis votre serviteur.*

STANCES.

oi qui nous fais voir la sagesse
Jointe avec la vivacité;
Toi qui ravis la liberté
Aux dames par ta gentillesse,
Comme aux hommes par ta bonté,

Moreau, le pauvre solitaire,
Qui sans ta consolation
Seroit mort dans la Mission,
En peu de mots te va faire
Une triste description.

Dans une froide plaine assise
Est une chétive maison
Où jamais ne fut vu tison,
Et qui ne peut parer la bise
Que par quelque froide cloison.

Ceux qui ce logement bâtirent,
Désirant se mortifier

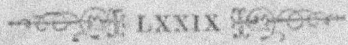

Et n'y faire rien que prier,
Une grande église ils y firent,
Et pas une cave ou grenier.

Je puis dire que rien ne fume
Jamais en ce funeste lieu,
Et qu'on n'y voit jamais de feu
Que quand aux vêpres on allume
L'encensoir pour honorer Dieu.

Là, de pauvres gens pâles, blêmes,
Secs, tout meurtris et décharnés
Par les coups qu'ils se sont donnés,
Disent qu'assurément eux-mêmes
Et tous les autres sont damnés.

Nuit et jour ils sont en prières,
Tant ils ont crainte de l'enfer;
Et, pour mieux surmonter la chair,
Se donnent cent coups d'étrivières :
Ce qui s'appelle en triompher.

Ce lieu, où sans sonner sonnette

LXXX

Personne n'entre ni n'en sort,
Est le lieu d'où, moins vif que mort,
Je t'écris que cette retraite
Commence à me déplaire fort.

Mais, afin qu'on ne puisse dire
Que pour peu de difficultés
Mes semblables sont rebutés,
Mon dessein est de te décrire
Mes moindres incommodités.

Ma chambre ou plutôt une armoire,
Qu'on a faite pour me serrer,
D'abord qu'on me la vint montrer
Me fit rire, et j'eus peine à croire
Que j'y pusse jamais entrer.

Dans ce lieu, moins chambre que cage,
Un aquilon froid et mutin
Me fait trembler soir et matin;
Car pour me parer de sa rage
Mon plus gros mur est de sapin.

Apprends maintenant la structure
De nos miserables grabats :
Deux ais servent de matelas,
Un tapis vert de couverture,
Et deux serviettes de deux draps.

Dès que j'abaisse les paupières
Sur mes yeux du sommeil battus,
Un claustral *Benedicamus*
M'éveille et m'envoie aux prières,
Qui durent trois heures et plus.

Le dîner ou plutôt dînette,
Que sans déjeuner on attend,
N'est rien qu'un petit plat, moins grand
Que la plus petite palette
Dont on use à tirer du sang.

A ce plat on proportionne
Un peu de vache et de brebis,
Si peu même qu'une fourmi
N'auroit pas, à ce qu'on nous donne,
De quoi se soûler à demi.

6

LXXXII

Le vin, grossier, rouge, insipide,
Ne peut qu'avec peine couler;
Et je ne saurois avaler
Ce vilain Cotignac liquide
Sans avoir peur de m'étrangler.

Ce petit diner, je t'assure,
Nous tient demi-heure pourtant;
Mais ne t'en étonne pas tant,
C'est que *Benedicite* dure
Un quart d'heure, et Grâces autant.

Après diner, c'est l'ordinaire,
Pour aider la digestion
Il y a récréation,
Où l'on emploie une heure entière
En quelque conversation.

Ces conversations chrétiennes,
Vraiment dignes de ces oisons,
Sont, par mille sortes de raisons,
De me prouver que les Antiennes
Valent mieux que les Oraisons.

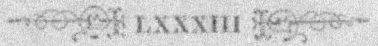

LXXXIII

Que tous les jours ma faim soit grande,
Mon dîner te le fait juger;
Cependant, pour ne point charger
Mon estomac de trop de viande,
Mon souper n'est pas moins léger.

Enfin, monsieur, quoi que j'en dise,
J'en dis bien moins qu'il n'y en a;
Mais il faut finir, car voilà
L'heure qui m'appelle à l'église
Où les autres chantent déjà.

www.ingramcontent.com/pod-product-compliance
Lightning Source LLC
Chambersburg PA
CBHW060829250626
47162CB00005B/1994